그의
순간들

누구도 대신 살아주지 못할
나의 하루

새벽 5시 24분.

빗소리에 잠에서 깼다.

올해는 장마가 길다.

며칠째 비가 내리고 있다.

침대에서 뒤척이다 서재로 나왔다.

꽃기린 화분에 물을 주었다.

떨어진 꽃잎을 치울까 하다가 그만두었다.

커피를 타서 책상에 앉아 노트북 전원을 켰다.

내게 허락된 하루.

언제부터인가 하루가 소중해졌다.

일찍 일어나고 늦게 잠들고 싶었다.

별다른 일 없이 지나간 하루는 못내 아쉬웠다.

흔적.

남반구의 어느 바닷가였던가.

수평선 너머로 길게 꼬리를 흔들며 사라지던 유성,

그 궤적을 더듬으며 내게 남은 하루에 대해 생각했던 밤.
펭귄의 울음소리가 들렸던 것도 같다.

집으로 돌아와 사진을 찍었다.
여행이 아니라 생활을 찍었다.
낡은 신발과 식은 컵, 시든 꽃, 머리 위에 머물던 구름,
붉은 신호등 뒤로 피어나던 뭉게구름,
밤의 냉장고, 넘기지 못한 달력, 창틀에 앉던 빗소리……
그 앞에서 잠시 숨을 멈추고 셔터를 눌렀다.

아, 이런 것들이 모여 나의 일생이 되는구나.
누구도 대신 살아주지 못할 나의 하루……
노을에 물들어가는 미루나무를
오래오래 바라보는 것도
그 이후에 새로 생긴 습관이다.

내가 바라보았던 1년을 모았다.
사소하지만 다정한 순간들,
여행보다 아름다운 시간들,

사랑했던 나날들.

빗소리를 듣는 새벽,
그 1년을 되돌려 본다.
그날 내 눈을 스쳐갔던 유성의 궤적과
내 귀에 울렸던 펭귄의 울음소리를 기억하며,
그 사진들을 쓰다듬으며.

우리의 모든 날들은 기억해야 할 가치가 있고
우리의 모든 시간들은 사랑받을 이유가 있으며
우리의 모든 순간들은 소중하게 존재해야 한다.

_ 최갑수

봄

예쁜 꽃을 찍으려면
예쁜 꽃을 볼 줄 알아야지.

봄이 오고 있다.

이 희미한 도시에도 꽃이 피고 있는 것이다.

인생 별거 없다.

40년을 살아오면서 느낀 것이지만

그래도 봄이 온다는 건 기적 같은 일.

청산도에 왔다. 12년 만이다.

달라진 건 없다.

땅의 모습, 물의 빛, 하늘의 색깔, 모든 것이 그대로다.

양귀비가 흔들리는 길을 걸었다.

보리밭 앞에서는 마음이 산뜻했다.

아지랑이가 피어오르는 길을 걸으며 자주 물을 마셨다.

미루나무 그늘이 보이면 그 아래에서 쉬었다.

봄 하루를 온전히 즐겼다.

저녁에는 전복 물회에 맥주를 마셨다. 소주를 약간 탔다.

밀물이 가게 문 앞까지 밀려오곤 했다.

그리운 이가 없었던 것이 그나마 다행이었다.

|
3박 4일의 힘든 취재여행 후 집으로 돌아와,
단골 카페에서 마시는 커피 한잔과
달달한 케이크 한 조각.

아, 이젠 위로에도 비용이 드는 나이.
하지만 오후의 나긋한 봄 햇살은 덤.

신　　발

가장 쉽게 바꾸지 못하는 것 가운데 하나가 신발이다.
마음에 드는 신발이 있으면 그 신발만 줄곧 신는다.
지금은 어느 아웃도어 브랜드에서 나온
고어텍스 소재의 트레킹화를 1년째 신고 있다.

직업이 직업인지라 이 신발을 신고 참 많이도 돌아다녔다.
밑창이 다 닳았고 신발 끈도 헐거워져 위태롭다.
그런데도 이 신발을 바꾸지 못한다.

여행을 위해 현관에서 이 신발에 발을 넣는 순간,
지금 내게는 이 신발이 딱 어울린다는 느낌을 받는다.
뭐라고 할까……
심술궂은 부분도 없고 비뚤어진 부분도 없다.
'그래, 그럴 수도 있지.' 하고 고개를 끄덕이는 오랜 친구 같다.

이 신발을 신고
프라하와 오키나와, 부다페스트, 서안, 오카야마, 발리를 다녔다.

우린 서로에게 익숙해졌다.

우린 서로에게 딱 어울린다.

새벽은 어떤 모습일까……
궁금해 나가보았다.
아직 켜지지 않은 불과 함께
새벽은 거기에 있었다.

당신의 따스한 손바닥이 생각났던
어느 새벽.

4월을 통과하고 있다.

동네 슈퍼 플라스틱 의자에 앉아

아이스크림을 먹을까 하다가 그건 아직 이르지 싶다.

대신 캔커피를 하나 딴다.

달다.

4월의 햇빛과 바람처럼 달짝지근하다.

4월은 카디건이 가장 잘 어울리는 달,

멸치 국수가 가장 맛있는 달,

새 신발을 사기에 알맞은 달이라고

누군가에게 말해 주고 싶다.

더 번잡해지기 전에 제주도에 다녀와야지.
스마트폰으로 제주행 비행기 티켓을 예약한다.
4시간 뒤 비행기다.
집으로 가 배낭에 티셔츠와 칫솔을 챙긴다.

4월은 훌쩍 떠나기 좋은 달,
누군가를 우연히 만나기도 좋은 달.

나는
4월 속으로
이륙하고 있다.

공중에서 환했던 꽃은

지상으로 내려와 죽는다.

생전에 만들었던 제 몸 크기와 똑같은

그늘로 내려와 죽는다.

꽃

5월, 맑은 아침.

샤워를 하고 화집을 모조리 꺼내 책상에 올렸다.

먼저 신사임당의 〈훤원석죽〉을 보았다.

원추리꽃과 패랭이꽃, 개미취꽃이 어울려 피어 있었다.

담박하고 정갈하고 소박했다.

강세황의 〈묵란〉은 투박한 구석이 없었다.

대청마루에 기우뚱 앉아 그늘진 마당을 바라보는 기분이었다.

어디 요란한 꽃이 없나 뒤적이다 모네의 〈수련〉 앞에서 눈이 부셨다.

찬란해서 가슴이 뛰어 얼른 덮었다.

주방으로 가 커피를 내렸다.

유리잔에 얼음을 넣고 달그락거렸다.

여유로운 가운데 상쾌한 맛이 있었다.

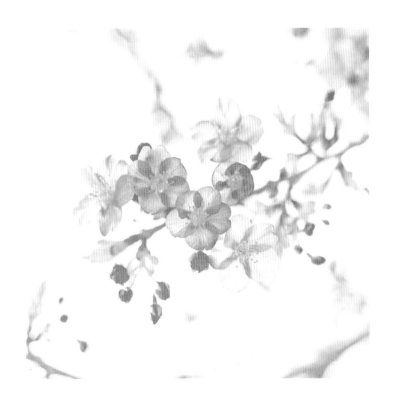

심사정의 〈파교삼매도〉라는 그림이 있다.
당나라 시인 맹호연이 산 너머 홀연히 피어 있을
매화를 찾아 떠난다는 이야기를 담고 있다.

꽃을 찾아 산 넘고 물 건너라니!

때로는 꽃처럼 게으르고 나약해도 괜찮다.
아름다우면 그뿐, 오직 그뿐.

혼자인 시간이 별로 없다.
끊임없이 메시지와 메신저 알람이 울리고
이메일을 주고받아야 한다.
혼자 있지만 혼자가 아니다.

하노이에서 라오까이로 향하던
열두 시간의 야간열차가 그립다.
혼자만의 달콤했던 시간,
스프링처럼 통통 튀던 베트남어 속에서
제대로 된 고독을 맛보았던 것 같다.
로마 테르미니 역에서 시칠리아로 가던
열 시간의 야간열차,
시끄러운 이탈리아어 속에서 나는 홀로 외로웠다.
라오스 루앙프라방에서 므앙씽까지
꼬박 하루 동안 버스를 타고 가며
옆에 아무도 없다는 사실에 얼마나 감사했던가.

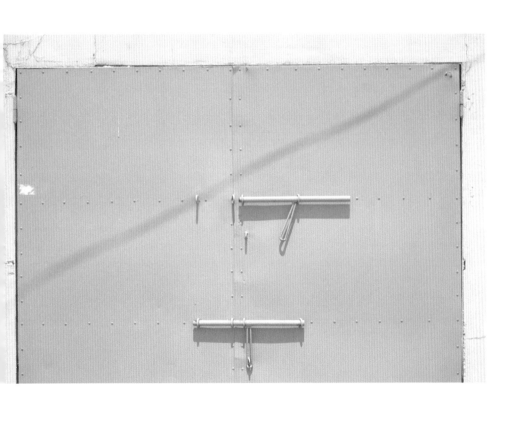

여행만이, 오직 여행만이
우리에게 온전히 고독할 수 있는
시간과 공간을 마련해 준다.

'도대체 왜 이 일을 하고 있지?' 하는
회의가 들 때가 있다

하지만 진정한 일은 바로 이 순간부터 시작된다.
우리를 나아가게 하는 건
낙관보다는 회의와 의심, 그리고 반성이다.

예쁜 꽃을 찍으려면
예쁜 꽃을 볼 줄 알아야지.

사물의 순간

숟 가 락

가끔 티스푼으로 밥을 떠먹는다.
계란찜도 떠먹고 된장국도 떠먹어본다.

음, 뭐라고 할까.
티스푼으로 먹다 보면 먹는다는 행위가
좀 더 차근차근해지고 단정해진다는 느낌이 든다.
일본 오카야마의 어느 료칸에서
작은 숟가락으로 밥을 먹다 깨닫게 된 것인데,
생활이 산만해지거나 무절제하다는 생각이 들 때면
가끔 시도해 볼 만하다.

어제 무라카미 하루키의 소설을 읽다가 이런 구절을 발견했다.

무리하게 서두르지 말 것,
같은 패턴을 반복하지 말 것,
꼭 거짓말을 해야 할 때는 되도록 단순한 거짓말을 할 것.

티스푼으로 밥을 떠먹으며
'무리하게 서두르지 말 것, 무리하게 서두르지 말 것.'
하염없이 되뇌어 보는 오늘 아침.
부자가 되고 싶다거나
남의 것을 가지고 싶은 충동이 들 때면
이 숟가락으로 밥을 떠먹어 봐야겠다.

지금까지 내 것이 아닌 것들의 대부분은
앞으로도 내 것이 아닌 것들일 확률이 많다.
이제는 그럴 나이다.

작은 티스푼 앞에서 든 생각이다.

일들이 이상하게 꼬여 버렸다.

취재여행 일정이 엉망으로 뒤엉켰고

덕분에 마감 스케줄도 뒤죽박죽이 됐다.

약속을 미뤄야 했고, 클라이언트에게 책망을 들어야 했다.

며칠 전부터 이런 조짐이 있었다.

뭔가 조마조마했다.

하기 싫은 일들 몇 개의 제안이 왔는데,

어영부영하다가 덥석 끌어안고 만 것이다.

단호하게 거절하지 못한 것이 실수였다.

'확실한 거절은 나뿐만 아니라 상대방도 편하게 한다'는

원칙을 지키지 못했다.

그래서 처음부터 리셋!

오후엔 공원에 나가 앉아 있었다.

전화기는 꾸욱 눌러 끄고.

쳇, 될 대로 되라지.

구름이 뭉게뭉게 흘러갔다.

소다수를 한 모금 마셨다.

스스로에게 주는 벌치고는 너무 관대하군.

그래도 뭐, 봄, 봄, 봄이니까.

여름

플라스틱 탁자 위에 한 번도 가보지 못한
도시의 이름을 꾹꾹 눌러 썼다.

여행이라는 안간힘.

아이스크림을 하나 더 먹을까 하다가 그만두었다.
파라솔 위로 구름 그림자가 어룽댔다.

바람이 들락거리며 꽃을 말렸다.
연애의 말들을 잊은 지 오래.

봄이 갔군……

하지만 괜찮다.
이제부터라도 꽃처럼 살면 되니까.

5밀리미터의 비. 그리고 닦아낸 듯 맑아진 하늘.
오랫동안 독수리가 떠 있었다.

변두리 놀이공원에서 아이스크림을 핥으며
6월은 떠나기 좋은 날이라고 생각했다.
봄에는 이 도시가 너무 아름다워 떠나기가 싫고
여름엔 어딜 가나 더우니까.

리스본, 리가, 알비, 구마모토, 예천……
플라스틱 탁자 위에 한 번도 가보지 못한
도시의 이름을 꾹꾹 눌러 썼다.
여행이라는 안간힘.
아이스크림을 하나 더 먹을까 하다가 그만두었다.
파라솔 위로 구름 그림자가 어룽댔다.

집으로 돌아오는 길은 어느새 해질 무렵이었다.

냉 장 고

아무도 없는 늦은 밤,

잠이 오지 않을 때면 괜스레 냉장고 문을 연다.

얼굴을 환히 밝혀주는 냉장고의 불빛.

섭씨 4도의 위안.

그 속에 들어 있는 오이와 우유, 치즈, 맥주……

칸마다 가득한 '냉장고의 마음'.

그 마음에 눈길을 주고 있노라면

무언가 좋은 시절을 겪고 있는 것만 같은 느낌이 든다.

여행을 가서도 냉장고가 있는 방에 들 때면

마음이 한결 아늑해진다.

냉장고가 말을 건네는 것 같다.

'웰컴! 오래전부터 널 기다렸어.'

장을 봐서 냉장고를 가득 채우고 나면

큰 사치를 누리고 있는 것 같다.
자잘한 일정 따위는 다 무시해 버리고
그 방에 오래오래 머물고 싶어진다.

냉장고 같은 사람.
무뚝뚝하지만 속은 환한,
그 환함 속에 온갖 것을 다 품고 있는
그런 사람.

"그 많은 돈으로는 무얼 하시나요?"

"자유, 자유를 사고, 내 시간을 사요.
그게 가장 비싼 거죠.
인세 덕에 돈을 벌 필요는 없게 됐으니 자유를 얻게 됐고,
그래서 글 쓰는 것만 할 수 있게 됐죠.
내겐 자유가 가장 중요해요."

무라카미 하루키는《GQ》와의 인터뷰에서 이렇게 말했다.
누군가 내게 묻곤 한다.
"여행이 직업이라니…… 너무 부러워요."
나는 여행을 다니며 글을 쓰고 사진을 찍고
그것들을 팔아 돈을 번다.
하지만 실제로는 생각만큼 낭만적인 직업은 아니다.
소설가 역시 마찬가지. 쓰지 않는 순간 그들은 사라진다.
지느러미를 흔들지 않으면 가라앉고 마는 상어처럼.

"일은 조금 재미있어지고 여행은 많이 힘들어지죠."
여행작가라는 직업이 부럽다는 사람에게
이렇게 대답하곤 한다.

여기는 이탈리아 중부의 어느 작은 시골마을이다.
어젯밤 오사카와 로마를 거쳐 24시간을 날아왔다.
지금은 새벽 4시.
날이 밝으면 마을 어귀로 나가 처음 만나는 사람에게
내가 도착한 이 마을의 이름을 물어봐야겠다.

지난 여행,

일주일간 묵었던

호텔에서의 형편없었던 아침식사.

하지만 그마저 그리워지는 새벽 2시.

여행에서 돌아온 지 겨우 12시간.

기억이 추억으로 바뀌기 시작하는 시간.

우　산

베란다에 내놓은 화분의 철쭉이 젖고 있다.
소나기가 오는가 보다.
철쭉 잎이 심전도 눈금처럼 오르내린다.

우산을 들고 밖으로 나간다.
현관 앞에 서니 우산 위 타닥타닥 빗소리.

어쩌면 꽃이 피는 소리,
어쩌면 별이 뜨는 소리,
빗소리를 들으려고 작정하니 그렇게도 들린다.

고백을 하기 전, 날갯짓마냥 뛰던
누군가의 심장도 이런 소리를 냈을지도.
그러니까, 예쁘게 보려 하면 예쁘게만 볼 수도 있다는 말.

우산 아래에서 옛사랑이 문득 궁금해지는 오후.

우산 위로 울리는 빗소리를 듣고 있노라면

우산이란 물건이 비를 피하라고 만든 물건이 아니라

빗소리를 들어보라고 만든 물건 같다.

여름날,

점심 한 끼로 찐 감자를 먹다 보면

왠지 내가 그럭저럭

괜찮은 인간이라는 생각이 든다.

뭐랄까.

내 인생이 간결해지고 있다는 그런 기분.

그러니까, 내가 하고 싶은 말은……

간결하다는 건 언제나 옳다는 것, 바로 그것.

내가 있는 곳은 평일의 오전 11시다.
파주, 런던, 프라하, 하노이, 도쿄, 상파울루,
베르겐, 시애틀이 아닌
평일의 오전 11시.

브람스가 흘러나오는
커피향이 증발하는
바람이 잠시 멈췄다 가는
베란다 너머 적란운이 점점 두터워지는
섭씨 29도, 고기압의 가장 자리에 위치한
평일의 오전 11시.

여행이 아니라고는 말할 수 없는 풍경들……

우리는 장소가 아니라 시간 속에서 존재한다네.

내가 이 일에 재능이 있을까……

그게 아니라, 내가 이 일을 정말 하고 싶은 것일까……

바로 그것!

고개를 숙이는 것보다
고개를 드는 연습을.

이 도시에서 가장 높은 빌딩에 올라갔다.
정확히 한 해의 절반이 지나간 날이었다.

꼭대기에 위치한 갤러리에서
중국인 단체 관광객들과 섞여 그림 몇 점을 보았다.
그중 한 점이 사고 싶어 화가에게 전화를 해보았지만
전화를 받지 않았다.

냉커피를 마셨고
500원짜리 동전을 넣고 망원경으로 남산타워를 바라보았다.
나는 15년째 이 도시에 적응 중이다.

집으로 돌아오는 길, 차들은 도로를 꽉 메우고 있었다.
나는 희망이라는 단어를 여전히 믿어야 한다고 생각했다.
차창 너머 모든 것이 뿌옇고 희미했지만
그러는 수밖에 없다고 생각했다.

사물의 순간

카 메 라

가랑비 내리던 브라티슬라바의 새벽 플랫폼,

주공 5단지 위로 소문처럼 솟아나던 8월의 적란운,

누군가 기대어 있던 긴자 거리의 루이뷔통 쇼윈도,

초봄, 피지 않은 꽃을 탓하며 혼자서 넘던 싸리재며

그해 여름, 백일홍 붉은 그늘이 아른거려 향했던 명옥헌행,

셰프 울리아시가 만들어주었던 가지토마토 파스타,

보로부두르 사원의 황혼 녘 불상과

누사두아 해변의 웃음소리들.

애인보다 애인 같았던 카메라.

세상을 사랑하고 싶다면 카메라를 들어보시길.

접시, 국수, 꽃기린 화분, 문틈, 햇볕에 말라가는 빨래…….

우리 주위에는 우리의 눈길을 기다리는

사물들이 얼마나 많은지.

하나같이 얼마나 아름다운지.

카메라를 들면
안 보이던 것들이 보일 테니까.

꽃 앞에 잠시 멈추었을 뿐인데
나의 오후는 가난하지 않았다.

그런데 가난이 어디 있었나 싶었다.
가난은 그저 툇마루의 옹이를 슥슥 문질러보는 일일 뿐.

느티나무 그늘이 짙으니
그곳에서 잠시 다리를 쉬면 될 듯하다.

숲을 걸었다.

7월이 거기 있었다.

햇빛이 들어오지 못하는 빽빽한 숲.

걷다가 잠시 낮잠에 들었다가……

새소리에 깨어

무릎 너머로 보이는 연못가에 무심히 돌을 던졌다.

동그랗게 퍼져나가는 파문 언저리에

굵은 빗방울 몇 개가 후드득 떨어졌다.

장마가 시작되려는 모양이다.

인생 뭐 별거 있냐.
집으로 오는 길, 자동차 와이퍼는 빗방울을 잘도 닦아냈고
나는 부추를 잔뜩 넣은 전이나 구워야겠다고 생각했다.

가을

/ / /

/ / /

10월의 차가운 공기 한가운데에서
장작불로 몸을 데우고 있노라면
누구나 자신에게 어울리는
자리가 있는 것 같다는 생각이 든다.

저 하늘.
거짓말처럼 여름이 가버렸다.

내일은
가을에 입을 만한 카디건을 골라봐야겠다.

좌회전시

집 앞 공원에 산책을 갔다.
푸른 하늘 아래
아직 떠나지 않은 여름이 희미하게 남아 있었다.

꽃을 꺾어 다발을 만들고
집 안 곳곳에 두었다.
창가에, 식탁에, 현관에, 책상에,
마우스 앞에도 두었는데,
원고를 쓰다 가끔 보는 것만으로도 은근하고 좋았다.

며칠 전부터 매미 울음이 들리지 않는다.
어느새 가을이 목덜미를 안고 있다.

여름 내내 마셨던 베트남 커피가 오늘 똑 떨어졌다.

티스푼으로 남은 커피를 달그락거리며 모아
마지막 잔을 만들었다.
얼음을 잔뜩 넣었다.

하나의 계절이 또 이렇게 갔다.
미워한 사람이 없어 다행이었다고
입 속에서 얼음을 굴리며 생각했다.

여행이란 무엇일까……

당신이 다시 내게 묻는다면,
잊어야 할 일을 잊는 법,
잊지 말아야 할 일을 잊지 않는 법
가운데 하나라고 대답할 것이다.

문득 떠나온 어느 곳에서.

작업실까지
빗방울을 얹고 조심조심 왔다.

비의 두런거림.
비의 번짐.

빗방울 앞에 쪼그려 앉아
그 속을 들여다보는 마음으로……

하루가 저물 때까지……
오늘은 그렇게.

커 피

새벽 3시, 커피를 마시려 달그락거린다.

그라인더에 커피를 담고 손잡이를 돌린다.

드르륵드르륵.

한밤중에 뭔가를 만드는 일에

이렇게 열중하고 있으면 청승맞다는 느낌도 들지만

아주 열심히 살고 있다는 생각도 든다.

그리고 사실 아주 열심히 살고 있기는 하다.

특히 마감이 몇 개 걸린 이번 주는

'특별히 더 열심히 살고 있는 주간'이다.

하루 종일 원고를 쓰고 사진을 리터치해야 한다.

이메일과 메시지 체크할 시간 말고는 쉴 틈이 없다.

'왜 이렇게 살지?' 하는 생각도 들지만

'이렇게'가 아니면 달리 살 방법이 없다.

에휴(하고 한숨은 쉬지만 이 일을 좋아하기는 하지).

어쨌든 난 마감 때문에 밤을 꼬박 새야 하고

지구 한 귀퉁이에는 새벽 3시에 커피를 갈기 위해
그라인더 손잡이를 돌리는 인간도 있는 법이다.
돌 굴리기를 반복해야 하는 시시푸스처럼
드르륵드르륵 커피를 가는 마감 중인 인간.

커피 가루를 모카포트에 담고
가스레인지에 불을 켠다.
딸칵.
파르르 떨고 있는 가스레인지의 불빛.
꽃처럼 어여쁘다.
그리고 거실 가득 퍼지는 커피 향.

여하튼 커피를 마시자.
지금은 커피를 마시고
원고를 써야 하는 것이
가장 올바른 일이니까.

인생이라는 게 참 단순하다.

뭔가를 잃어버리고, 얻고, 버리는 일의 끝없는 반복.

물건도, 사람도……

물론 마음도.

여행을 떠나고 나서 알게 된 것.

"당신에게 행복이란 뭔가요?"

많은 사람들이 묻는 질문.

"돌아갈 집이 있고,
어디론가 여행 가고 싶은 장소가 있는 것.
그리고 일이 있는 것."
그럴 때마다 이렇게 대답한다.

물론 내게도 걱정거리가 많다.
고민도 많다.

하지만 행복한 순간이 있다. 분명히.
가령 지금 이 순간,
라테를 마시며 이 글을 쓰는 이 순간 같은.

행복은 그것을 찾아내는 사람의 것이니까.

연　필

가끔 연필로 글을 쓴다.
몇 해 전 루앙프라방에서 보았던
메콩 강의 노을 빛에 대해 써야 할 때나
황룡사지를 덮고 있던 아득한 아침 안개,
혹은 부다페스트 외곽을 지나던
트램의 덜컹거림에 대해 이야기하고 싶을 때
당신이 긴 팔을 뒤로 돌려 머리를 묶던 그 순간을 기억하고 싶을 때
나는 연필로 글을 쓴다.
깊은 호흡을 한 뒤
흰 종이 위에 한 글자 한 글자를 눌러 쓴다.
그날 우리가 걸었던 협재의 해변에 대해 쓸 때도
나는 연필을 사용했던 것 같다.

그러니까 내게 연필은 글자를 쓰는 도구가 아니었던 것,
내 마음을 누군가에게 전하기 위한 간절한 안테나였던 것.
연필심을 타고 찌르르 흘러나왔던 내 마음들.

내가 문장을 쓰는 것이 아니라 연필이 썼는지도 모르겠다.

나는 다만 연필이 이끄는 대로 손을 움직였을 뿐인지도 모르겠다.

그 어떤 신비로운 시간이 나를 당신 앞으로 데려가

당신 손을 잡게 했던 것처럼.

연필이라는 마법이

나를 어떤 풍경, 어떤 색깔,

어떤 바람 앞으로 데려갔던 것일는지도.

나는 지금 연필을 손에 꼭 쥐고 있다.

우리 주위에는 저마다 아름답게 보이기 위해
열심히 노력하고 있는 것들이 많다.
그걸 하나 둘씩 찾아줄 때마다
그것들은 정말 기뻐하지 않을까.

유리에 맺힌 이 빗방울들처럼.

이해하지 못해도 위로는 할 수 있는 법.

한잔의 차,
한잔의 커피……
그리고 당신이 앉을 수 있는 의자.

그거면 충분하다.

사물의 순간

시 　 계

버려진 시계를 보았다.

길모퉁이에 동그란 벽시계가 놓여 있었다.

누군가 버리고 간 것이리라.

시계를 버리고 싶은 적이 많았다.

마감이 다가오면 시간을 멈추고 싶어진다.

째깍째깍 움직이는 초침이 '빨리 써' 하며 다그치는 것 같다.

하지만 시간을 멈추거나 늦추는

방법이 없다는 건 다 알지 않는가.

쓰는 수밖에 없다.

우리에겐 언제나 시간이 없다.

하루에 24시간씩, 우리에게 주어진 시간은 사라진다.

그러니까 더 사랑하자.

시간이 없으니까 더 배려하고 더 위로하고 더 사랑하자.

그것이 시간 앞에서 우리가 할 수 있는 최선이니까.

햇볕 좋은 오후 2시,

야외 테이블에서 점심을 먹었다.

샐러드와 빵과 파스타.

정말이지 오랜만에 맛있게 먹은 점심이었다.

배부르게 먹고 나니 기분이 좋아졌다.

이 삶을 다시 한 번 살고 싶다는 생각이 들 정도였으니까.

우리에게 헛된 시간이란 없다.

오랜만에 캠핑을 왔다.

자작나무와 참나무와 당단풍나무와 때죽나무 사이

적당한 자리를 골라 텐트를 치고 장작을 줍고 불을 피웠다.

따뜻하게 데워지는 공기,

불 옆에서 손바닥으로 불을 쬔다.

나무 타는 냄새가 좋다.

어디선가 날아온 휘파람새소리가 발치에 떨어진다.

10월의 차가운 공기 한가운데에서

장작불로 몸을 데우고 있노라면

누구나 자신에게 어울리는

자리가 있는 것 같다는 생각이 든다.

그걸 일찍 알았더라면 다행인 거고,
몰랐더라도 괜찮다.
지금이라도 알았으니 나쁜 건 아니지.

장작불이 타는 10월의 오후,
모든 사물들이 행복한 표정을 짓는 그런 시간.

겨울

/ / /

/ / /

차가운 겨울바람이 없었다면
어떻게 겸손에 대해 생각할 수 있었을까.

난롯가에 앉아 손을 데우는 지금,
잃은 것들보다는 얻은 것들에 대해 생각한다.

날씨가 쌀쌀해졌다.
일찌감치 나온 크리스마스 음료를 마셨다.

커피 잔으로 헤드폰을 따뜻하게 데운 후
음악을 들으면 더 좋다.

계절은 이렇게 바뀌고 있다.

여행에서 돌아온 다음날……

침대에서 떠올리는
여행지의 바람소리,
여행지의 숲 내음,
여행지의 차가운 공기……

그리고 지금……

눈꺼풀 위에 머무는 약간의 피로.
이토록 즐겁고 다정한 피로.

아, 나는 삶에 몰입하고 있구나.

스 웨 터

스웨터를 입을 때마다 드는 몇 가지 생각.

약간 낡은 스웨터를 입고
벽에 기대어 지도를 보고 있는 중년의 남자는
아웃도어 재킷을 입은 남자보다
약 250배는 매력적이다.

세탁소에서 방금 찾은 스웨터에 목을 집어넣고 있노라면
'내 인생은 참 평화롭게 굴러가고 있구나.' 하는 생각이 든다.

스웨터는 이 따스함과 다정함들을 어디에 숨겨두고 있었던 것일까.
울 스웨터가 없었다면
11월의 더블린을 결코 사랑할 수 없었을 것이다.

스웨터를 처음 만든 사람은 분명 외로웠을 것이다.
누구나 알 수 있다.
그들의 외로움이 이런 옷을 만들어냈다는 것을.

스웨터만큼 몸을 사랑해 주는 옷은 없다.

누구에게나, 무엇에게나 자기에게 주어진 역할이 있다고 생각한다.

스웨터에게는 위로와 너그러움, 행복에 대한 자각이 그것이다.

가끔 사람들에게 이야기하곤 한다.

"당신이 사는 세상이 어떤 곳인지 알고 싶다면 쉬어보세요."

쉴 때마다 내가 사는 세상의 '리얼'을 경험했던 것 같다.
내가 닿을 수 있는 한 시간의 거리,
내가 만나는 몇 명의 사람,
내가 좋아하는 몇 가지 물건들과
그것들이 놓인 자리……
이것들이 모여 있는 세계가 쉴 때면 비로소 눈에 들어온다.

그리고
이것들이 바로 나를 둘러싼 이 세상의 진심이다.

차가운 겨울바람이 없었다면
어떻게 겸손에 대해 생각할 수 있었을까.

오늘은 바람 부는 들판을 걸었고
눈 속에 홀로 서 있는 나무를 보았다.

난롯가에 앉아 손을 데우는 지금,
잃은 것들보다는 얻은 것들에 대해 생각한다.

여행을 하며 배운 두 가지.

살면서 필요한 웬만한 것들은
60리터 배낭 속에 다 들어간다는 사실.
세상은 넓고 할 일이 그다지 많지 않다는 사실.

그러니까 너무 애쓰지 말고, 좀 즐길 것.

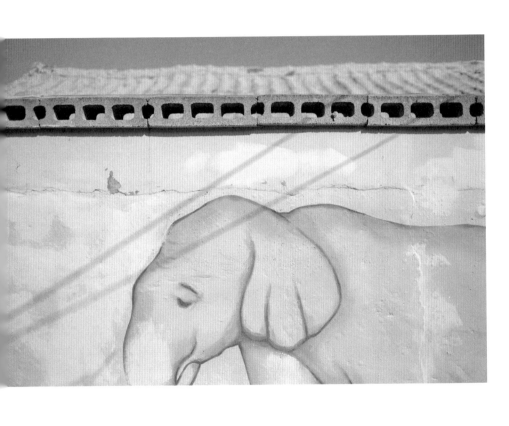

눈이 왔다.

눈이 와서……

단지 눈이 와서……

보고 싶은 사람이 있었는지……

'아, 도대체 뭐 때문에 사는지 모르겠어.'
11월 말이면 꼭 이런 생각이 들곤 한다.
그래서 낙심한 마음에 훌쩍 여행을 떠나곤 하는데……

텅 빈 해변을 한참 서성이다 보면 또 이런 생각도 든다.
'그래, 뭐 때문에 사는지
알고 사는 인간이 얼마나 될까……'

조금만 더 힘을 내보자는 생각을 했다.

의　자

의자들은 누구도 권리를 주장하지 않는다.
가만히 기다리다가 자신에게 찾아든 이들에게 모든 것을 내준다.

그들은 언제나 이렇게 말하는 것만 같다.
'괜찮아, 힘들면 언제든 다시 돌아와.'

작업실 한 켠에는 좋아하는 의자가 있다.
일이 안 풀리거나 힘들 때면 그 의자에 앉아 등을 깊숙이 기댄다.

'괜찮아, 다음번에는 좀 더 좋아지겠지.'
이렇게 되뇌다 보면 신기하게도 마음속에서
뭔가 단단한 것이 생겨난다.

그동안 여행을 하며 세상의 많은 의자를 보았다.
그리고 그 의자에 앉았다.

세상의 모든 의자는 이렇게 속삭이는 것 같다.

괜찮아, 다 잘 될 거야.

언제나……

당신이 있어 좋았다.

당신이라서 좋았다.

하늘을 더 자주 볼 것,
하늘엔 이처럼 아름다운 무늬가 많다는 것.

스스로를 더 사랑할 것,
우리 마음속엔 이보다 더 아름다운 무늬가 많다는 것.

보려 해야 보인다는 것,
사랑하려 해야 사랑할 수 있다는 것.

무리하지 않기.

억지로 꾸미지 않기.

아니다 싶은 책은 더 이상 읽지 않기.

싫은 건 싫다고 말하기.

눈 딱 감고 거절하기.

나대로 사는 가장 쉬운 방법.

사물의 순간

달　력

1월 ┃ 자, 어디론가 떠나보자고.

2월 ┃ 나는 새로운 여행을 시작했고, 그것을 기념하기 위해
　　　붉은 동백 한 송이를 길 위에 올려놓았다.

3월 ┃ 이봐, 오늘 하루쯤 나처럼 웃어보는 건 어때?
　　　그렇게 어려운 일도 아니잖아.

4월 ┃ 갈림길 앞에 서면 왼쪽으로 방향을 잡는 나의 습관은
　　　오랜 여행으로도 고쳐지지 않았다.

5월 ┃ 우리가 언제나 청춘을 그리워하는 이유는
　　　단지 그것이 이미 지나가버렸기 때문이기도 하다.

6월 ┃ 그저 입 닥치고 걷기나 해. 당신은 여행자니까.

7월 ┃ 저 바다의 수평선 너머에는 뭐가 있을까.
　　　확실한 것 한 가지는 인생은 늘 모호하다는 것.

8월 | 자, 이제 어디로 가지?

　　　　신발 뒤꿈치를 구겨 신으며 우리는

　　　　우리의 행방을 궁금해하기 시작했다.

9월 | 여행을 하면 할수록

　　　　세상은 혼자 살아가는 것이라는 사실을 깨달아가고 있다.

10월 | 외로웠던 나무와 들판의 끝없이 이어지던 전신주들.

　　　　아무도 서 있지 않을 것 같은 풍경들.

　　　　여관 간판은 언제나 내 발걸음을 멈칫하게 만든다.

11월 | 내가 모르는 낯선 길을 나는 가고 있다.

　　　　그 사실만이 구원일 때가 있다.

12월 | 어쨌거나 우리는 행복했고 노을은 충분히 아름다웠어.

　　　　그거면 충분하지 않아?

그의
순간들

1년의 기록.

그의 시선은 많은 순간 길 위에 놓여있는 듯했다.

하지만 그는

떠나는 일에 '떠남'이란 말을 애써 붙이지 않는 사람.

떠나는 일과 머무르는 일이 결코 다르지 않은 사람.

하늘이 묻은, 바람이 묻은, 무겁고 가벼운 발걸음이 묻은

그의 순간들을 바라볼 때면

조용한 나의 일상 속에도 새로운 공기가 돌았다.

내가 갖고자 하는 일상을 가졌고,

내가 갖고 있는 일상을 가졌기에,

그의 시간들은 내게 부러움이었고, 위안이었다.

다시 맞이할 그의 1년 위에

따뜻하게 손 흔들어 본다.

늘 그래왔듯 담백하게,

그러나 조금은 더 새롭게.

여행을 '생활'하는 그이기를.

_ 장연정

그녀의
순간들

생의 단 한 번뿐인
날들에게

하루는 정말 스물네 시간이 맞을까.

가만히 앉아 흘러가는 초침을 바라보고 있으면,

뚜벅뚜벅 시간이 걸어가는 소리와 함께

심장 뛰는 소리가 들려온다. 나는 살아 있고, 시간은 흘러간다.

초침이 예순 번을 걸어가면 1분. 그렇게 다시 예순 번.

그렇게 다시 스물네 번.

이렇게 까마득한데, 이렇게나 긴데,

왜 그렇게 눈 깜짝할 새 지나갈 수가 있는 걸까.

나의 하루는.

습관처럼 '똑같은 하루가 지나간다'는 생각을 하면,

왠지 가슴이 찡해지곤 했다.

오늘은 어제와 정말 똑같았을까.

오늘은 정말 별다른 일이 없이 지나간 게 맞는 걸까.

오늘 나는 행복했을까. 혹 나도 모르는 사이 상처받지는 않았을까.

그러니까 나의 오늘은 어떤 얼굴이었을까.

아직 오지도 않은 내일을 기다리느라,

늘 나의 오늘은 뒤로 미뤄두었다.

해야 할 일이 너무 많아서, 두려움이 많아서,

이 순간을 잠시 모른 척하면

더 좋은 미래가 나를 기다릴 것만 같아서.

기록할 수 있는 수단과 통로는 갈수록 늘어났지만,

깊어지지 않는 만큼 사람을 알게 되는 일은 쉬워졌지만,

주변이 바쁘고 화려해질수록 나의 하루는 흐릿해졌다.

색채가 없었다는 말이 맞을 것이다.

포커스를 맞추고 싶었다.

흘려보내지 말고 담고 기록해 두자고 생각했다.

좋은 사진을 찍고 싶다는 마음으로

내 하루의 여기저기에 포커싱을 하다 보니,

고맙게도 나의 하루가 눈에 들어왔다.

시간은 발견해 나갈수록 촘촘해지고,

나의 하루 역시 마음을 담아 바라볼수록 새로운 색깔을 입었다.

색칠할수록 예뻐지는 그림처럼.

비교적 반복적이고 심심한 생활이지만

어떻게든 보려 하면 나의 하루는 많은 것을 보여주었다.

나를 미소 짓게 하거나, 눈물 나게 하거나,

가슴 뛰게 하는 것들은 내가 알아보기 전까진

소리 없이 늘 그곳에 있었다.

나는 조금 미안한 마음으로 그것들에게 새롭게 인사했다.

안녕, 나의 하루.

안녕, 나의 한 번뿐인 순간들.

작은 조각들을 모아 하나의 조각보를 완성하듯

하루의 조각들을 모아가는 사이 1년이라는 시간이 지나갔다.

예쁘게 이어 붙여진 나의 1년이라는 조각보를 들여다본다.

나쁘지 않다.

재미있는 날도 제법 많았다.

눈물 나게 행복한 날도 드문드문 있었고,

몰래 울었던 날들도 있었다.

기록을 하며,

나는 내가 무얼 좋아하는 사람인지

무얼 싫어하는 사람인지

어떨 때 더 많이 웃고,

무엇을 보았을 때 가슴이 두근대는지 조금 더 알게 되었다.

나의 1년이라는 그 조각보 위에 새로운 인사를 예쁘게 담아

당신의 마음 위에 슬쩍 놓아본다.

생각보다 심심할지도 모르지만

나의 이 기록이 지금 당신의 순간,

그 한 부분을 채워줄 수 있다면 행복하겠다.

사소하고 소소한 하루들이 모여,

생의 단 한 번뿐인 '나의 1년'이 된다.

지금 이 책을 손에 쥔 순간부터

오늘 하루를 조금 더 따뜻하게 들여다보자.

사소하고 시시한 모든 순간들에게 친절해지자.

먼저 다가가 보자.

그리고 지금부터 딱 1년 뒤 오늘,

당신의 지난 순간들을 들여다보는 거다.

거창한 소회의 고백은 필요 없다.

1년 뒤 그 순간 지을 수 있는 딱 한 번의 미소,
분명 그걸로 충분할 테니까.

_ 장연정

봄

/　/　/

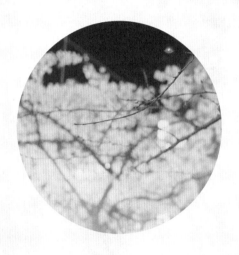

/　/　/

봄날 같은 당신도,
어쩌다 내 옆에 와 피어난 당신도,
시들지 않게 끝까지 돌봐주어야 한다는 생각을 하게 되었어요.

꽃도, 생도, 봄처럼 한 순간이니까.
매일을 아까워하며 사랑해야겠다는 결심.

밤새 새순이 돋는 소리를 들은 것도 같았어요.

마른 나뭇가지는 저 혼자 낑낑대며 온종일 물을 올리고
볕을 받아 이렇게 귀여운 싹들을 틔웠네요.

눈물 날 것같이 예쁜 것들.

멀리 있는 줄만 알았는데 어느새 곁에 다가와 앉은
그 사람처럼 나를 이렇게 당황하게 만들어요, 봄은.

내내 겨울에만 머무르는 게으른 나를
이렇게 부끄럽게 만들어요, 봄은.

눈앞에 있을 때, 곁에 있을 때
만져주고 예쁘다고 말해 주세요.

꺾으려 하지는 말고 있는 그대로 바라봐 주세요.
원래의 자리에 있을 때 가장 아름다워요.

나중에, 다음에 하고 미루다 보면
눈치채지도 못하는 사이에 사라져 있을지도 몰라요.

봄도 사랑도,

나를 위해 늘 기다려주지는 않으니까요.

사물의 순간

신　　발

가끔은 나의 신발에게 묻고 싶다.
그동안 네가 밟아 본 가장 좋은 길은 어디였느냐고.

바쁜 마음에 쉽게 지나쳐버린 길 중에
혹시 다시 한 번 나를 데려가 보고 싶은 길도 있느냐고.

그리고
비가 내린 아스팔트,
낙엽이 깔린 황톳길,
하얀 모래알이 가득한 백사장,
뽀득뽀득 소리가 좋은 눈길,

그 위에서 함께 앞 코를 맞대고 만났던
수많은 사람들을 기억하느냐고.

문득
낡고 바래고 해져가는 나란한 신발 한 쌍을 내려다보며

이 신발들이 알고 있는 시간이 너무 소중하다는 생각을 한다.

아마도 이 신발만큼은
영원히 버릴 수 없을 것 같다는 예감,
참 좋다.

그리고 묻고 싶어진다.
당신에게 이런 신발이 있는지.

이런 낡고, 친근한 '사랑'을 가지고 있는지.

아직은 따뜻한 커피가 있고,

아직은 곱게 핀 꽃이 있고,

아직은 보들한 카디건의 감촉이 있고,

다행히도

아직은 기다려지는 생일이 있고,

또,
살며 영원히 잊을 수 없는 '기다림'이 있는
4월이 이렇게 가고 있어요.

계절이 바뀌는 순간은 '색'으로 찾아온다.
빨간 과일과 레몬 빛 주스, 초록의 숲과 푸른빛 찻잔.

창문을 열고 조금 더 더워진 공기를 맞으며 생각한다.
이렇게 빠르게 변해가는 계절을, 시간을
그저 최선을 다해 살아가는 것밖에
다른 방법은 없다고.

어느덧 5월.

시간은 어차피 내 마음보다 빠르다.
그러니 원망하지 말고,
그냥 지금 이 순간을 충분히 살아가야지.

꽃

꽃을 사다가 꽃병에 꽂아두고, 며칠을 좋아했어요.
햇빛을 받아 희고 투명하게 빛나는 꽃잎.

볕이 드는 창가,
소리 없이 예쁜 꽃들은 늘 그곳에 있었고,
작은 봉오리들은 조금씩 더 크게 피어났어요.

그렇게 며칠이 지났을까,
어느 날엔가 집에 돌아와 보니
꽃잎들이 모두 고개를 수그린 채 시들어 있더군요.
오늘 아침에도 그랬던가, 생각해보려 했지만
또렷이 떠오르지 않았어요.

멍하니 그 앞에 서서 시들어버린 꽃을 바라보았어요.
그러다 문득 그런 생각이 들더라고요.

한 생을 곁에다 꺾어 두고,

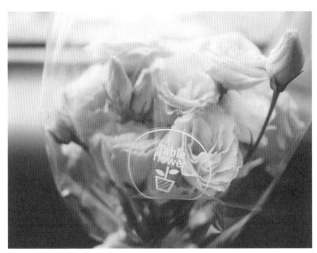

끝까지 지켜보는 일은 참 슬픈 일이구나, 하는.
시들어버린 꽃다발을 들고 근처 화단으로 갔어요.
죽어버린 식물을 떠나보내는 일도 고민이더군요.
아마도 마음을 주었기 때문이겠죠.

집에 돌아와 텅 빈 꽃병을 보며
이제 꽃다발을 사다 마음을 주고 언제 시드는지도 모르게
무관심하게 구는 짓은 하지 말아야지, 하는 생각이 들었어요.
끝까지 돌보거나
아니면 길 위에서 피어난 것들을
멀리서 지켜보면 될 일이라고.

봄날 같은 당신도
어쩌다 내 옆에 와 피어난 당신도
시들지 않게 끝까지 돌봐주어야 한다는 생각을 하게 되었어요.

그저 멀리서만 볼 수 없어서
서로의 옆에 뿌리를 내리게 되었지만,
시들지 않도록 돌봐주는 건 서로의 몫일 테니까.

시들어가는 당신의 모습도 아름다울 테죠.
그러니 매일매일 꽃을 들여다보듯
그렇게 살아야겠어요.

꽃도, 생도, 봄처럼 한순간이니까.
매일을 아까워하며 사랑해야겠다는 결심.

늦봄,
내가 무관심한 사이 시들어버린
꽃다발을 화단에 묻으며,
문득 든 생각이에요.

'혼자'라는 말은 이제 내게 더 이상 외롭지 않다.

혼자 행복할 수 있어야
둘이 되어도 행복하다는 것을
알고 있으니까.

나의 행복을 상대방에게 책임 지우지 않는 것.
내 우울의 이유를 상대방에게서 찾지 않는 것.
홀로인 시간에도 행복할 줄 아는 사람은
누구에게도 기울지 않는 사랑을 한다.

그가 자신의 삶에 충족된 얼굴로 나를 바라봐주는 일,

나는 그 순간을 참 좋아한다.
'행복'이라는 두 글자의 진짜 얼굴이 그 순간 안에 있다.

우리에게 혼자의 시간이 필요한 아주 간단한 이유.

사물의 순간

숟 가 락

수많은 그릇 중에 늘 손에 닿는 건 단 몇 개뿐.
수많은 숟가락과 젓가락 중에 늘 쓰게 되는 건 딱 한 개뿐.

그 앞엔 늘 '내'라는 말이 붙어요.
내 그릇, 내 숟가락, 내 젓가락, 내 물컵.

살며 이렇게 무언가를 편애하는 것도 나쁘지는 않죠.

소중히 지키고 싶은, 꼭 나만 갖고 싶은 무언가 있다는 건
삶에 대한 애정이 아직은 남아 있다는 뜻이니까요.

오늘도 '내' 숟가락과 젓가락으로 한 끼 식사를 합니다.

숟가락 등에 비친 볼록한 내 얼굴을 보며 한 번 씨익 웃고는
잘 먹고 잘 견뎌보자! 하고 중얼거려 봅니다.

내 삶을 스스로 살아가는 동안

앞으로도 나는

이 소소한 편애를 계속할 생각이에요.

이렇게 소중한 '내 것'들을 사랑하며 살아갈 생각이에요.

언젠가부터 그런 생각이 들었어요.

일부러 애쓰지 않으면 좀처럼 행복을 느끼기 힘들다고.

어떻게 해야 내내 행복할 수 있을지 아직은 잘 모르겠어요.

다만 확실한 건

조금만 애를 쓰다 보면

행복은 때로

기꺼이 내게 와주기도 한다는 것.

누군가에겐 시시하고 초라해 보여도

나만의 행복이면, 그걸로 좋아요.

좋아하는 작가의 사진전에 다녀왔다.

그녀가 남겨놓은 '생애 가장 따뜻한 순간'들.

때로 사진을 보면,

피사체의 마음보다 찍은 사람의 마음이 더 느껴지곤 한다.

그녀가 찍은 수많은 얼굴 속에서 보인 건 '사랑'이라는 말.

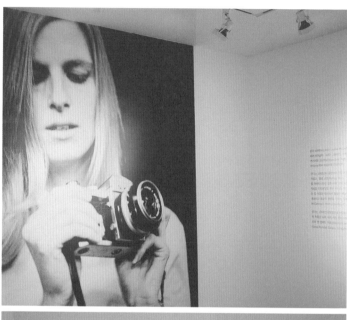

작은 뷰 파인더를 통해 그녀가 본 사랑이 얼마나 컸는지
사진 속 모든 눈동자들이 말해 주고 있었다.

살며 하찮거나 사소한 순간들은 없다.
그러니 가능한 많은 순간들을 사진으로 담아둘 것.

사소한 우리의 순간은

모두 그리움이다. 사랑이다.

이렇게 사진으로 남겨진 순간부터.

여름

/ / /

/ / /

당신의 머리카락 위 빛나는 노란 햇살.
까슬한 모래 속에 담긴 열 개의 발가락.
웃음소리와 웃음소리……

이 순간,
사랑은 어디에나 있네요.

절반이 넘겨진 달력과
절반이 남겨진 책으로 시작하는 하루.

가만히 흘려보낸 서른넷의 절반.

곳곳에 놓인 하루의 조각들에게
줄 시선의 시간이 필요했어요.

그래서
오늘부터 나에게 하는 약속 하나.

남은 시간들에게 촘촘히 밑줄을 그으며

일상 속으로 걸어 들어가기.

울고 난 후에는 수박이 좋다.

언젠가 커다란 수박을 품고 혼자 엉엉 운 적이 있었다.
얼른 울고 이걸 먹어야지, 하며 나는 오래오래 울었다.
그 무렵 나는 눈물이 아니면,
무엇으로든 터져 나올 '화'에 자주 치였다.
차라리 눈물이 나았다.
혼자 울고 몰래 닦는 눈물은 착하니까.

그때나 지금이나, 나는 가끔 병적으로 운다.
울고, 새로운 물기로 나를 채우는 기분 역시
병적으로 좋아한다.

그래서 수박을 운명처럼, 좋아한다.
네모로 잘라 한가득 차갑게 보관해 둔다.
언제든 먹을 수 있도록.

여름이 가면, 무엇보다
수박을 기다려야 하는 시간이 너무 길어 슬퍼진다.

남은 계절 동안 무엇으로 흘린 눈물을
채워나가야 할지 막막해지는 것이다.

냉 장 고

냉장고를 열어보면 요즘의 내가 보인다고 생각해요.

텅 비어 있거나

너무 꽉 차 있거나

무언가 많은데 먹지 않아서 상해 가는 것들이 늘어가거나

아니면 새로운 음식들이 자주 채워지거나.

시들어가는 야채가 가득하거나

인스턴트 음식들이 가득하거나

아니면 각종 술들이 가득하거나

달콤한 것들만 가득하거나.

가끔 냉장고의 노란 불빛 앞에서 쓸쓸해지는 이유는.

멍하니 바라보다 무엇도 꺼내지 않은 채로 문을 닫는 이유는.

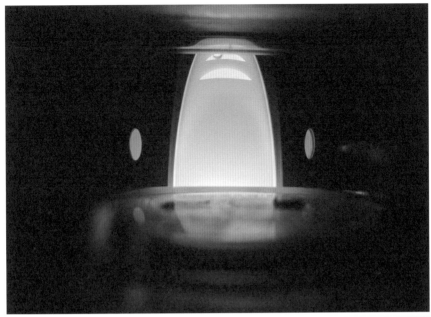

냉장고가 꼭 지금의 나를 보여주기 때문이에요.

무언가 들켜버린 그 기분이 왠지 싫기 때문이에요.

구름 많은 하늘,

소나기.

비가 올 거라는 예보에도

우산을 준비하지 않았다.

저녁,

총총걸음으로 뛰어 앞집 대문가에 섰다.

올려다본 맞은편 깜깜한 우리 집.

오늘도 혼자 맞이하는 저녁.

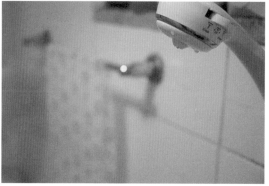

이대로 들어가기 싫어
발끝이 젖은 운동화를 가만히 내려다보았다.
빗물에 진하게 물든 초록 앞코가 예뻤다.
어쩌면 오래 기다려 왔는지도 모를 풍경.

밤,
샤워를 하며 낮게 울리는 천둥소리를 들었다.
너에게 한 시간 전쯤 왔다갔다는 구름인지도 모르겠다.

물기를 툭툭 털며
문득 무섭다는 엄살을 가득 담은
전화를 걸고 싶다고 생각했다.

누군가에게, 누구에게라도.

기다리는 동안

당신이 좋아하는 커피를 주문하고 사진을 찍었어요.

건너편의 텅 빈 공간과

번번이 멋쩍은 눈을 마주치기 여러 번.

그래도 어디쯤이냐는 문자를 보내지 않았어요.

오래된 스피커에서 브람스가 흘러나왔고,

나는 출입구를 쳐다보는 일을 그만두었죠.

이대로 당신이 안 온다고 해도

어쩌면 괜찮을지도 모르겠다는 생각이 들 때쯤

당신은 왔어요.

당신에게 묻어온 바람 냄새가 참 좋아요.

언제나 그랬듯이.

사흘 만의 눈 맞춤 그리고 미소.

겨우내 납작하게 개켜져 있던 여름 이불을 꺼낸다.
손으로 빨아 햇볕에 널어두고 나니, 이불에서 나는 햇볕 냄새.

이불을 끌어안고 누워 본다.
까슬한, 기분 좋은 감촉.

이 이불을 덮고 꾸었던 지난 여름밤의 꿈들이
스쳐 지나가는 순간.
꿈들이 지나간 자리엔 가만가만 한숨이 따라 흘러간다.

이루고 싶었던 일들과 이룰 수 있는 일들의
사이는 시간과 함께 더욱 멀어지고,
그럴 때마다
나는 자꾸만 잠 속으로 도망치고 싶어진다.

아직도 꿈이 많은 것은

잘못이 아니야.

혼잣말을 하며 이불을 끌어안는 밤.

까슬한 이불의 감촉에 자꾸만 눈이 감겨 온다.

우　산

오늘,
또 하나의 우산을 잃어버렸어요.

산 지 얼마 되지 않는 노란색 우산이었죠.
이 우산을 사고 지금껏 비가 내린 건 두 번.
그래서 그 예쁜 노란빛을 본 것도 딱 두 번뿐이네요.
탄탄한 우산살이 탁 하고 펴질 때의
그 느낌이 참 좋았었는데……

떠올려보면,
지금껏 잃어버린 우산은 수도 없이 많죠.
기억이 나는 모양도 있고, 기억에서 사라진 것들도 많아요.

비가 오는 날이면,
가끔 골똘해질 때가 있어요.
그리고 마음속에 물음표가 생기죠.

도대체 그 많던 우산들은 모두 어디로 간 걸까?

우산을 사면서 늘 결심해요.
이번만은 절대 잃어버리지 않을게.
우산에게 약속까지 하고요.
그런데도
매번 소리 없이 사라져 버리는 우산들을
이렇게 하면 좋을까요.

궁금해요.
모두 어딘가에서
누군가의 비를 덤덤하게 막아주고 있을지.
아니면 정말로 구석진 자리 어딘가에서
여전히 나를 기다리고 있을지.

그러다 문득 이런 생각이 들었어요.
내가 잃어버린 게 아니라,

그 우산들이 슬며시 나를 떠난 건 아닐까.
언제 도망칠지 슬슬 눈치를 보고 있다가
이때다 하고 슬쩍 다른 곳으로 사라져 버리는.

자기가 사라진 줄도 모르고 제 갈 길을 가는
나의 뒷모습을 보며 알 수 없는 표정으로
이런 바보 안녕 하고 인사를 하는 우산들의 얼굴을 상상하니,
속상하고 미안한 웃음이 났어요.

어쨌든 지금은 내 곁에 없는
잃어버린 우산들에게 안부를 전합니다.
부디 누군가의 곁에 오래 머무는
우산이 되어 있기를 바라면서요.

다가올 여름,

나는 또 어떤 우산을 사게 될까요.

이번엔 잃어버리지 않을 수 있을까요.

아침에 눈을 떠보니
예보에 없던 비가 내려 있었다.

사람이 만든 예보 따위는 소용없다는 듯
이곳의 하늘은 자주 표정을 바꾸곤 한다.

먹장 같은 하늘 아래 어머니는 빨래를 하셨다.
곧 볕이 날 것이니, 그때 널면 될 거라고 말씀하시면서.
그리고 얼마 지나지 않아 거짓말처럼 맑아지는 하늘.

나는 덤덤히
'1초 후 나의 삶'이라는 말을 떠올렸다.

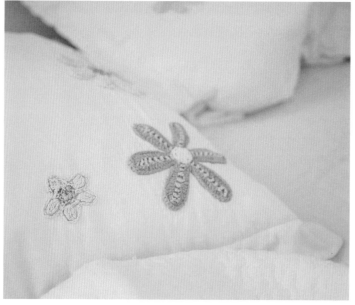

자꾸만 변하는 하늘을 보며,
그래도 얼마 후엔 볕이 날 것이라는
어머니의 담담한 표정을 보며.

툭툭 빨래를 펴 널며 습기 가득한
공기를 깊이 마셔보았다.
내가 사는 곳에서는 맡을 수 없는 냄새.

'한적하고 지루한 시골'이라는
표현은 왠지 가끔 서운하다.
이처럼 아름답고 세세한 변화가
얼마나 아름다운지 아는 사람에게는.

산허리에 몇 번의 구름떼가 머물다가 사라졌고
동네 분들이 마실 오셨어요.
조용조용 다정다감한 대화들.

그리고 나는 오후 내내 하던
벌레 먹은 자두와 그렇지 않은 자두를
골라내는 일을 그만두기로 했어요.
어차피 둘 다 맛이 있고 나쁠 게 없다는
사실을 알게 되었기 때문이죠.

어디론가 한참 사라져 있던
애인의 손안에 빨간 산딸기가 들려 있었어요.
이걸 따느라 계속 까치발을 들었더니
종아리가 아프다며 멋쩍게 웃는 그 얼굴.

아, 사랑.

산딸기가 또르르 내 손안으로 굴러 들어오는 동안

나는 사랑이라는 두 글자 때문에

손바닥도 마음도 모두 간지러웠어요.

그 기분이 너무 예뻐서 눈물이 날 것 같았어요.

어느덧 여름의 끝에 다다른 기분,
음악을 들으며 오래도록 산책을 했다.

계절과 천천히 안녕하는 방법으로
산책만큼 좋은 게 또 있을까.

여름과 완전히 안녕할 때까지,
나는 계속 이 길을 걸어야겠다.

그리고 멀어지는 여름의 뒷모습을 향해
가만히 손을 흔들어줘야지.

사물의 순간

카 메 라

누군가 묻기에 이렇게 대답했죠.

나에게 사진은
내가 세상을 사랑하는 방법이자
나를 사랑하는 방법이라고.

언젠가 이런 이야기를 쓴 적이 있어요.

나는, 내가 기억하는 가장 아름다운 사진 한 장.

나는 이 말이 여전히 아직도 참 좋아요.

찰칵 셔터가 열리고 닫히는 그 순간의 소리는
내게 늘 산뜻합니다.

너무나 쉽게 사진을 찍고 지워버릴 수 있는 세상이 되었지만
모든 게 쉽고 가벼워져가지만 소중한 건 여전히 존재하죠.

쉽게 지울 수 없는 그 순간들을 영원히 기억하기 위해서,
우리는 계속 이 '또 하나의 눈'을 깜박여야 할 거예요.

그렇게 이 시간들을 담고, 정성스레 사랑해야 할 거예요.

서른넷의 마지막 여름바다.

간지러운 모래 속에 발을 담그고 파도의 소리를 들어봅니다.

8월, 강원도의 하늘.

낯선 향을 가진 바람.

들려오는 물결의 움직임.

당신의 머리카락 위에서 빛나는 노란 햇살.

까슬한 모래 속에 담긴 열 개의 발가락.

웃음소리와 웃음소리……

이 순간,

사랑은 어디에나 있네요.

가을

고슴도치 같은 밤송이,
따끈하게 삶아진 밤,
반쯤 죽었다 다시 살아난 오래된 선인장 화분,
그리고 초가을의 코스모스.

오늘 내 기분을 '말랑'하게 만든 이름들.

가을 같은 바람이 불었다.

여름내 빨갛게 물들어 있던 발톱을 투명하게 지웠다.

오후,

마지막 여름비인지 첫 가을비인지……

생각하기에 따라 빗물 떨어지는 소리가

서운했다 반갑다 했다.

가만히 비 오는 소리를 들으며 커피를 내렸다.

몇 시간 후,

오랜만에 만난 언니네 부부와 함께 한 저녁식사.

비 오는 소리가 좋아서, 식사하는 내내 창문을 열어두었다.

대화가 없어도 좋은 시간이라고 생각하면서.

생각해보면 일상이란

내가 발견해가는 만큼 변한다는 생각이 든다.

색칠해 나갈수록 예쁘게 완성되는 그림처럼.

밤을 주우러 갔어요.

어느새 익은 밤송이들이 또르르 구를 준비를 하고 있네요.

묵묵히 제 할 일을 열심히 하고 있었구나.

나는 긴 장대를 들고 서서 뭉클해진 마음으로

그것들을 바라보았어요.

따온 밤들을 까서 반은 밥을 지을 때 넣고, 반은 삶았어요.

티스푼으로 폭폭 떠먹는 따뜻한 밤,

김이 올라오는 노란 밤을 떠먹으며,

나의 하루엔 울고 싶을 만큼

감동스러운 순간이 너무 많다고 생각했어요.

고슴도치 같은 밤송이, 따끈하게 삶아진 밤,

반쯤 죽었다 다시 살아난 오래된 선인장 화분,

그리고 초가을의 코스모스.

오늘 내 기분을 '말랑'하게 만든 이름들.

사물의 순간

커 피

오늘의 커피는 인도네시아 만델링.

입에 닿기엔 조금 뜨거운 온도.
가만히 앉아 바람을 기다렸어요.

커피가 식어가기를 기다리는 시간은
결코 지루한 적이 없죠.

나는 커피를 예쁜 잔 속에
고요하게 맺혀 있는 한 편의 '시'라고 생각해요.
마음에 맺히는 시 한 구절처럼 커피를 읽어가는 거예요.
매일 새롭게 만나고 헤어지는 거예요.

바람이 불고, 커피는 식어가고,
나는 이윽고 잔을 들어 첫 모금을 마십니다.
저 먼 땅의 향기, 빗방울과 태양의 향기.

지금 내 손에 있는 이 커피,

열기가 가라앉은 뒤 더 선명히 와 닿는 그 맛.

너무 뜨거울 땐 알 수 없었던 향이 있어요.

식어가는 커피를 한 모금 마시면서,

나는 내 생의 어지러운 열기가 잠시 식어도

괜찮겠다는 생각이 들었어요.

그렇게 조금 멀리서 나를 바라보는 것도

괜찮겠다는 생각이 들었어요.

그저 바람을 기다리며,

나를 잠시 내버려두는 시간이 필요하다는 생각이 들었어요.

데일 듯 뜨겁게 태어나 서서히 식어가며

이내 알맞은 향기를 내는 것.

인생이란 그런 걸지도 몰라요.

오늘도 새로운 커피를 만나고 헤어집니다.

한 편의 시가 내 마음에 왔다가 사라집니다.

혼자만의 밥상 앞에서
'잘 먹겠습니다.' 하고 혼잣말을 하던 때가 있었습니다.

아마 첫 서울 생활을 시작했던 스무 살 즈음으로 기억해요.

14년이 지난 지금.
이제는 혼자 마주하는 밥상이 전혀 낯설지가 않네요.

때론 밥상에 꼭 '밥'이 없어도 괜찮다는 생각도 합니다.
혼자 무언가를 먹는 일에 너무나 익숙해졌고
자주 혼자 식당에 들어가기도 하니까요.
무언가를 혼자 먹는 일은
이제 나에게 그다지 외롭지 않은 일이 되었습니다.

"잘 먹겠습니다."
작게 혼잣말을 하고는 괜스레 눈시울이
시큰해지던 스무 살의 나와는 정말 안녕, 했나 보네요.

오늘도 혼자 한 끼를 때웁니다.

충족된 기분으로, 가끔 웃기도 하면서.

그래도 말이에요.

아무래도
씩씩해졌다기보다는
쓸쓸함에 잘 적응했다는 생각이 듭니다.

어쩌면……
이것도 칭찬받을 만한 일이겠지요?

불앞에 앉아 책을 읽는 저녁,
누군가는 기타를 쳤고, 누군가는 밀린 잠을 잤다.

말없이 혼자 있기.
그리고 바라보기.

조금씩 넘어가던 해가 어느새
예쁘고 붉은 인사를 남겼다.

소리도 없이, 움직임도 없이
그저 풍경 안에 오도카니 앉아본 게 얼마 만의 일인지.

이런 하늘을 만났으니
당분간은 또 어떻게든 살겠다 싶다.

내가 좋아하는 10월,
그리고 그 여섯 번째 날의 하늘.

연　필

수많은 연필 중에 나의 손에 맞을 것 같은 연필을 고르는 일은,
수많은 사람들 중 내가 말 걸고 싶은 사람에게
눈인사를 건네는 기분과 비슷해요.

인사를 건네고, 나를 소개하고, 서로의 이야기를 꺼내보는,
어떤 '관계'의 시작 같은 것.

사각사각 종이를 밀고 나가는 연필 소리,
고요한 아침, 하루를 시작하는 그 소리를 듣고 있으면
머릿속에 '포옹'이라는 단어가 떠올라요.

내가 만드는 촘촘한 문장들로
이 세계를 꼭 끌어안고 있는 기분이 들죠.

오늘도 조금씩 무언가를 쓰고 있고,
여전히 쓰고 싶은 마음이 있고,

내 손에는 이렇게 연필이 쥐어져 있어요.

한 자루의 연필, 한 장의 종이, 하나의 문장,
그리고 하나의 새로운 세계.

생의 목격자가 된다는 건 행복한 일이에요.
이렇게 매일매일 포옹하듯 기록할 일이 생겨나니까요.

감기에 걸렸다.

'혼자'라는 말과 감기라는 말은 어쩐지 닮았다.
조금 외롭기도 하고, 그 틈을 타 작은 모험을 하기에도
좋은 느낌이 드니까.
혼자서 감기에 걸린 나는
보고 싶었던 영화를 보고,
과자처럼 딱딱한 마늘빵을 구워 먹고,
북극의 바닷물이 담긴 작은 물병을 계속 들여다보았다.

맹맹한 콧소리가 웃겨서
중얼중얼 책을 소리 내 읽기도 했다.

혼자서도 잘 노네. 아픈 걸 즐기는 게 분명해.

매일 혼자서 잘도 자라나는 엔조이 스킨 화분의 목소리,

왠지 커다란 비밀 하나를 들킨 기분.

나는 '큭' 설탕을 떨구며 부서지는 비스킷처럼 달콤하게 웃었다.

가을의 끝자락.

부지런한 어머니는 들깨를 털어 방앗간에 가 들기름을 짜고,
더 추워지기 전에 토마토를 다 따두셨네요.
오후엔 수확한 고구마로 튀김을 해 먹었어요.

시골의 늦가을은 여전히 풍성하고,
맑고 조용하고 차분합니다.

자연과 가까이 살기 위해서는
부지런하고, 지혜롭고, 겸손해야 해요.

그렇지 않으면 자연은 진짜 얼굴을 보여주지 않으니까요.

전원생활에 익숙해지기까지 3년.

이제 7년차이신 부모님의 표정 안에는

푸른 산이,

나무가,

꽃이 가득합니다.

이 모든 걸,

닮고 싶어요.

사물의 순간

시   계

가만히 앉아 시곗바늘이 움직이는 모습을 바라봅니다.
'온전한 시간'이 필요하단 뜻이에요.

째깍 긴 바늘이 다음 칸으로 옮겨지는 그 순간,
내 마음의 커다란 부분이 다른 곳으로 옮겨지기도 하거든요.

가만히 느끼고 있으면 쏜살같다 느끼던 시간도
제법 깊고 천천히 흘러간다는
사실을 알게 되죠.
나의 시간이 이렇게 흘러가고 있었구나.

초 단위의 시간이 흘러가는 것을 눈으로
하나하나 실감하며
머릿속을 비워갑니다.

그렇게 앉아
불안을 긍정하게 되거나

오롯이 홀로 견딜 수 있는 온도 36.5도의 실제를 체감하거나
나라는 사람의 진짜 맨얼굴을 들여다보기도 하죠.

시간과 마주 앉아서야 비로소 나는
시간으로부터 자유로워집니다.

시간이 안정이자 혼란인 이유는 모두에게 같이 주어지지만
모두에게 다르게 쓰이기 때문이겠죠.

지금 나의 시간은 '안정'에 가깝네요.
자유롭고, 또 한없이 고요해요.

목이 긴 양말을 꺼내고,
올해의 첫 귤을 먹었습니다.

감기에 걸렸을 때 사놓은 유자차는
이제 거의 병이 비워질 정도로
매일 마시고 있어요.

유자차가 담긴 따뜻한 찻잔을 들고 있으면
모든 걱정과 스트레스가 사라지는 기분이 들어요.
차가운 공기와 참 잘 어울리는 향이지요.

옷장을 정리하며, 차곡차곡 개켜둔
스웨터의 먼지를 털어냈어요.

방울방울 붙어 있는 보푸라기들을 보면서,
아직 떼어내지 못한 지난겨울의 기억들 같다는 생각을 했어요.
별일 없는 듯 가만가만 소란스러웠던 지난겨울.

다가오는 겨울엔 더 이상 떠나가는 사람 없이
모두가 그 자리에서
따뜻하게 웃고 있으면 좋겠어요.

정말 그러길 바라요.

겨울

/ / /

/ / /

서로에게 가장 잘 어울리는 스웨터를 입는다는 건
서로의 겨울을 배려해 주겠다는 것,
서로에게 가장 마음에 드는 촉감이 되어 주겠다는 것.

눈이 오는 밤,
가로등 밑에 마냥 서 있는 순간을 좋아한다.
시린 손을 주머니 속에 넣고,
고개가 아플 때까지 점점이 내리는 눈을 바라보는 일.

환하게 불이 켜진 따뜻한 집들을 올려보면
어딘가에 홀로 앉아 있을 쓸쓸함이 떠오른다.

겨울은 누군가에게는 빛, 누군가에게는 어둠,
누군가에게는 미소, 누군가에게는 눈물.

발 곁으로 쌓이는 눈을 발로 쓱쓱 밀어본다.
눈부시게 사라지는 그 이름.
이제 이 세상에는 없는.
나는 그 이름이 더 그리워질까 봐 얼른 자리를 벗어난다.

소리 없이 내리는 눈 사이로 이따금 들려오는
누군가의 이름을 부르는 소리,

새벽까지 큰 눈이 계속된다는 예보에 괜히 안심이 되는
묘하게 쓸쓸한 겨울밤.

춥다.
춥지만, 추워서 참, 좋다.

너와 나의 대화가 지나간 자리를 바라보는 일을 좋아해.
어질러진 테이블,
바닥을 드러낸 커피 잔과 구겨진 지도.

낯선 장소에서의 대화는
낯설고 낯설어서 가깝고,
그래서 새로워지기도 해.

난 그런 기분이 참 좋아.
낯선 장소에서의 대화, 그리고 커피 한잔.

오늘,
우리들의 시간이 지나간 자리.

스 웨 터

습관처럼 만져보게 된다고 말했잖아.
이렇게 부드러운 느낌은 왠지 자꾸 잠이 오게 한다고.

어쩌면 겨울이 영원해도 괜찮을지 모른다고,
우리 오래 헤어져 있을 때, 이 느낌이 생각나 울기도 했었다고.

올이 풀려버린 스웨터를 멋지게 고쳐내는 방법을 너는 알고 있었지.
오래된 스웨터를 고쳐 입었고,
두텁고 성긴 짜임을 좋아했고,
빨간 목도리를 싫어했어, 너는.
커다랗고 깊은 소파에 성긴 멜란지 그레이 스웨터를 입은 네가
커피와 책을 들고 푹 파묻혀 있을 때,
내가 그 순간을 얼마나 사랑했는지.

그땐 말이야.
창 밖에는 찬 회색 공기가 가득하고
어두워지는가 싶은 오후엔 어김없이 눈이 내렸어.

본격적인 겨울이었고, 우리 곁에는 내내 듀크 조던이 들려왔어.

flight to denmark
everyting happens to me

하나의 올이 풀어져,
우리를 저 먼 북유럽의 차가운 나라들로 데려다주기를,
그 모든 일이 나에게 일어나주기를
쌀알 같은 눈송이를 보며 빌던 가난한 저녁.

그로부터 8년.

자, 다시 겨울이야.
서로에게 가장 잘 어울리는 스웨터를 입는다는 건
서로의 겨울을 배려해 주겠다는 것,
서로에게 가장 마음에 드는 촉감이 되어 주겠다는 것.

이 순간을 얼마나 기다려왔는지 아마 말로 다 할 순 없을 거야.

모든 그리움을 쓰다듬듯
스스로 두 팔을 쓰다듬는 고요의 시간.
사실 별다른 말이 필요 없는지도 몰라.

잘 지냈지?
이리 와, 우리 잠시만 서로를 안아주자.

세상의 모든 것들에게 수고했다고 인사합니다.
사랑하는 가족들과 친구들과 이웃들에게
나의 집과 책들과 신발과 침대와 냉장고에게도.

한 해 동안 그 자리에 있어주느라
수고했다고, 고맙다고.

유난히 싸늘했던 겨울.
모두들 그 자리에 있어주어 고맙습니다.
오늘만은 따뜻한 마음으로,
모두 웃어요.

메리 크리스마스.

퇴근 길,
우연히 눈에 띈 목화 부케를 사들고 오며 생각한다.

영원히 머무르고 싶은
순간이 점점 사라질수록
어서 빨리 벗어났으면 하는 순간들은 늘어가고 있다고.

아름다운 채로
영원히 머물러버린 드라이플라워.
슬프다고 생각했던 그 꽃에게
이제는 위로를 받고 있다.

나는 어떤 모습으로 끝까지

머무를 수 있을지 고민을 하면서,

그 답을 찾기 위해 노력해가면서.

의　자

의자에 앉는다는 건,
무심해진다는 것은 아닐까 하는 생각을 한다.

무심,
아무것도 없는 마음.

지금 나를 둘러싼 공기를 마시고
따뜻하게 우러나온 홍차가 든 잔을 들고,
그저 앉아 무심해지는 거다.

어지러운 생각을 하얗게 지우고,
처음부터 다시, 하는 생각도 지우고
그냥 이 순간 위에 투명하게 존재해 보는 것.

우리, 지금 의자에 앉자.
그리고 눈앞의 모든 것들에게 무심해져 보자.

그 무엇에게도 물들지 않은 내가 얼마나 평온한지,

행복한지 알아가는 연습을, 지금부터라도 시작해 보자.

마음에 드는 장난감을 사기 위해
며칠을 고민하고,
예쁜 털모자 두 개를 사서 하나는
15년 친구인 곰인형에게 씌워주었어요.
휘핑크림이 잔뜩 올라간 딸기와 바나나에 행복하고,
일주일치 영양제를 챙기며,
스스로에게 건강하자고 속삭입니다.

아직은 겨울인 게 좋고,
아직은 철이 없는 나라서 좋아요.

봄이 올 때까지 나는 이렇게
 스스로를 데워가며 따뜻하게 견디려고 해요.

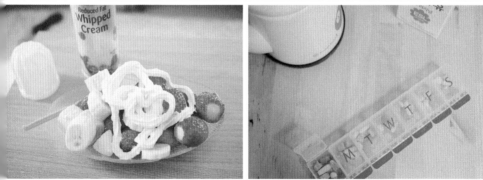

당신은
잘 지내고 있나요?

늘 말썽꾸러기인 채로,
시간을 잊은 채로,
그렇게 영원히 어린아이인 채로
이 시간들을 통과하고 있나요?

부디 그러길 바라요.

당신에게도 내게도 그런 게 어울리니까요.

정말이지, 그런 겨울이 어울리니까요.

사물의 순간

달 력

1년.

365일.

8760시간.

525600분.

31536000초.

반성하건대

내겐 결코 시간이 없지 않았어요.

사과할게요.

늘 존재하는 시간에게 '없다'거나 '없었다'는 말로

그 존재를 가렸던 나를.

그렇게 매일을 차갑고 바쁘게만 살아온 나 자신을.

여기, 새해 새 달력이 있어요.

커피를 내리며 천천히 달력을 넘겨봅니다.

올해엔 꼭 시간이 '많은' 내가 될 거에요.

누구에게든, 무엇에게든

마음을 빼앗길 시간은

올해도 충분히 주어질 테니까요.

그녀의
순간들

그녀와 연결되어 있었다.

그녀를 바라보았던 지난 1년.

바람에 흔들리는 꽃,

이슬이 구르는 풀,

지평선 너머의 구름,

햇빛과 바람은 오랫동안 어깨 위에 머물렀지.

따뜻한 스웨터를 입고 있었던 시간들.

삶에 결이란 게 있다면

그녀는 참 결 고운 삶을 사는 사람.

작고 사소한 꽃을 주의 깊게 들여다볼 줄 아는 사람.

섬세하고 다정한 그녀의 글자들을 읽어가며

나는 맨손으로 밀가루를 만지듯 마음이 따뜻해졌고,

그래서 노을이 호숫가를 떠나지 않듯

그녀의 글 앞을 오래오래 서성이기도 했는데……

그녀를 바라보았던 1년.

창틀에 머무는 빗소리처럼 위안이었던 1년.

덕분에 나는 하늘에 걸린 반달처럼 무심하고 평안할 수 있었지.

그러니 그녀는 부디 아름답기를.

악기처럼 아름다워서 생의 좋은 노래를 불러주기를.

_최갑수

안녕, 나의 모든 순간들

초판 1쇄 인쇄 2015년 9월   5일
초판 2쇄 발행 2015년 10월 26일

지은이 최갑수, 장연정 | **펴낸이** 김종길 | **펴낸 곳** 인디고
책임편집 이은지 | **편집** 임현주, 이경숙, 이은지, 홍다휘, 안아람
디자인 정현주, 박경은 | **마케팅** 박용철, 임형준 | **홍보** 윤수연 | **관리** 김유리
출판등록 1998년 12월 30일 제2013-000314호
주소 (121-840) 서울시 마포구 양화로 12길 8-6(서교동) 대륭빌딩 4층
전화 (02)998-7030 | **팩스** (02)998-7924
이메일 bookmaster@geuldam.com | **페이스북** www.facebook.com/geuldam4u
블로그 http://blog.naver.com/geuldam4u

ISBN 978-89-92632-96-6 03810
책값은 뒤표지에 있습니다.

이 도서의 국립중앙도서관 출판시도서목록(CIP)은 e-CIP홈페이지(http://www.nl.go.kr/ecip)와
국가자료공동목록시스템(http://www.nl.go.kr/kolisnet)에서 이용하실 수 있습니다. (CIP 제어번
호 : 2015023074)

★★ **글담출판**에서는 참신한 발상, 따뜻한 시선을 가진 기획 아이디어와 원고를 기다리고 있습니다. 작품
혹은 기획안을 이메일로 보내주시면 출간 가능성이 있는 작품은 개별 연락을 드립니다.